조선외애전

녹두전

5

혜진양 지음

arte POP

조션 일애 뎐

녹두젼

계십니까?

누구십니까?

어사님 아니십니까?
무슨 일이십니까?

이덕이를
만나러 왔단다.
안에 있느냐?

아, 그것이
서방님께서는
옆 마을에 장사를 하러
가셨습니다.

장사?

동주야.
손님께서
찾아오셨느냐.

네.
어머니.

어서 오세요.
인사가 늦었습니다.

이 집 주인이자 동주 어미인
전녹두입니다.

전… 녹두?

일전에 동주가
안 좋은 일에
엮일 뻔했을 때
도와주셨었다
들었습니다.

정말
감사합니다.

아무리 봐도
이덕이 놈인데?

아?!

오 척이 되는 키에
눈이 찢어진 사내는
분명 황태라는 자의
용모와 같습니다.

어사님께서
말씀하신,

하지만 참 이상하지요.

그 사내는 어사님께 본인을 정이체라고 소개했으니 말입니다.

행수에게 들었을 때 설마하기는 했었지만,

꿀꺽

어머님, 어사님께서 서방님을 만나러 오셨다고 합니다.

어머.

이를 어쩌나.

이 마을에서 저런 꼴로

숨어서 살고 있었던 건가?

오신 날이 장날이라고
동주가 '임신'을 해서
사위는 장사를 하러 나가
언제 돌아올지 모릅니다.

…?!

전하실 말씀이
있으시다면
저희 모녀가
전해주도록
하겠습니다.

오는데 날이
많이 걸립니까?

네.

그렇다면
어쩔 수 없지요.

뭐,
어찌 되었든
반갑습니다.
사돈.

7

정이덕의 아비

정선지입니다.

우리
며늘아기 이름이
동주라고?

네.

고운 이름이구나.
아비가 못나 아들놈이
제멋대로 출가하는 바람에
며늘아기 얼굴도 이제야 보고
내가 도무지 면이 서질
않는구나.

아닙니다,
아버님.

8

아기도 가졌다면서….

이분이 황태 오라버니의 아버지이자 서방님을 키워주신 분.

네.

서방님이 말씀해주셨을 때는 엄청 엄하시고 무뚝뚝하신 줄 알았는데 상냥하셔.

시아비라는 자가 손자가 생긴 줄도 모르고 여태껏 아무것도 해주지 못하고 미안하다. 아가.

스윽

움찔

늦었지만 지금부터라도 내가 잘하마.

감사합니다, 아버님.

조금 과하시네.

벌써 일어나십니까, 사돈.

아닙니다.

생각해 보니 찾아온다 미리 서찰이라도 보내고 찾아왔어야 했는데.

철부지 아들놈 찾을 마음이 급해서 큰 실례를 저지른 것 같아 마음이 무겁습니다.

한 가족끼리 실례라뇨. 그리 말씀하시면 제가 더 서운합니다. 사돈.

하하.

얼굴만 고우신 줄 알았는데 마음씨도 고우십니다.

호호. 부끄럽습니다.

하하하.

그런데…

가까이서 보니 사돈께서 며늘아기의 어머니라고 하시기에는 많이 젊어보이십니다?

두둥

선지야,
어서 가자꾸나.

아버님!
저기 그것이 저희
어머니께서는…

눈치
채셨습니까?
사돈.

실은 제가
일찍이 서방님을 잃어
이 나이에 과부가
되었습니다.

이른 나이에
과부가 되어서 외로운 마음에
과부들이 모여 산다는
이 마을에 제 발로 찾아
들어온 게지요.

마침, 우리 사위도 부모가 없다고 했었던지라 데릴사위 삼아 함께 살고 있었는데, 사돈이 찾아오신 게지요.

그랬군요.

참으로 고운 성품을 지니셨습니다. 사돈.

다시 뵐 때에는 손자 손녀와 함께 아들놈을 볼 수 있었으면 좋겠습니다.

아무튼 다음번에 찾아뵐 때에는 빈손으로 오지 않겠습니다.

호호. 마음만으로도 감사합니다.

그럼 또 뵙겠습니다.

조선일애편

녹두전

어머니, 어찌합니까.

아버님께서 다시 오셨을 때 배도 안 부르고 아기도 없으면 모든 것이 다 탄로 나게 되는 거 아닙니까.

쭈뼛

쭈뼛

그러니까 지… 지금이라도,

노력해야 하는 거 아… 아닙니까?!

울컥

푹!

임… 임신을 위해서

뭐, 임신을 위해 노력하는 것까지는 나도 찬성.

네?

움찔

그런데 동주야.

금방 전 그 사람 내 아버지 아니야.

...?

네?!

두둥

정확히는 날 키워주신 아버지가 아니야.

정말입니까?!

응.

추측이지만, 그 사람 말대로 진짜 그 사람이 정이덕의 아비라면.

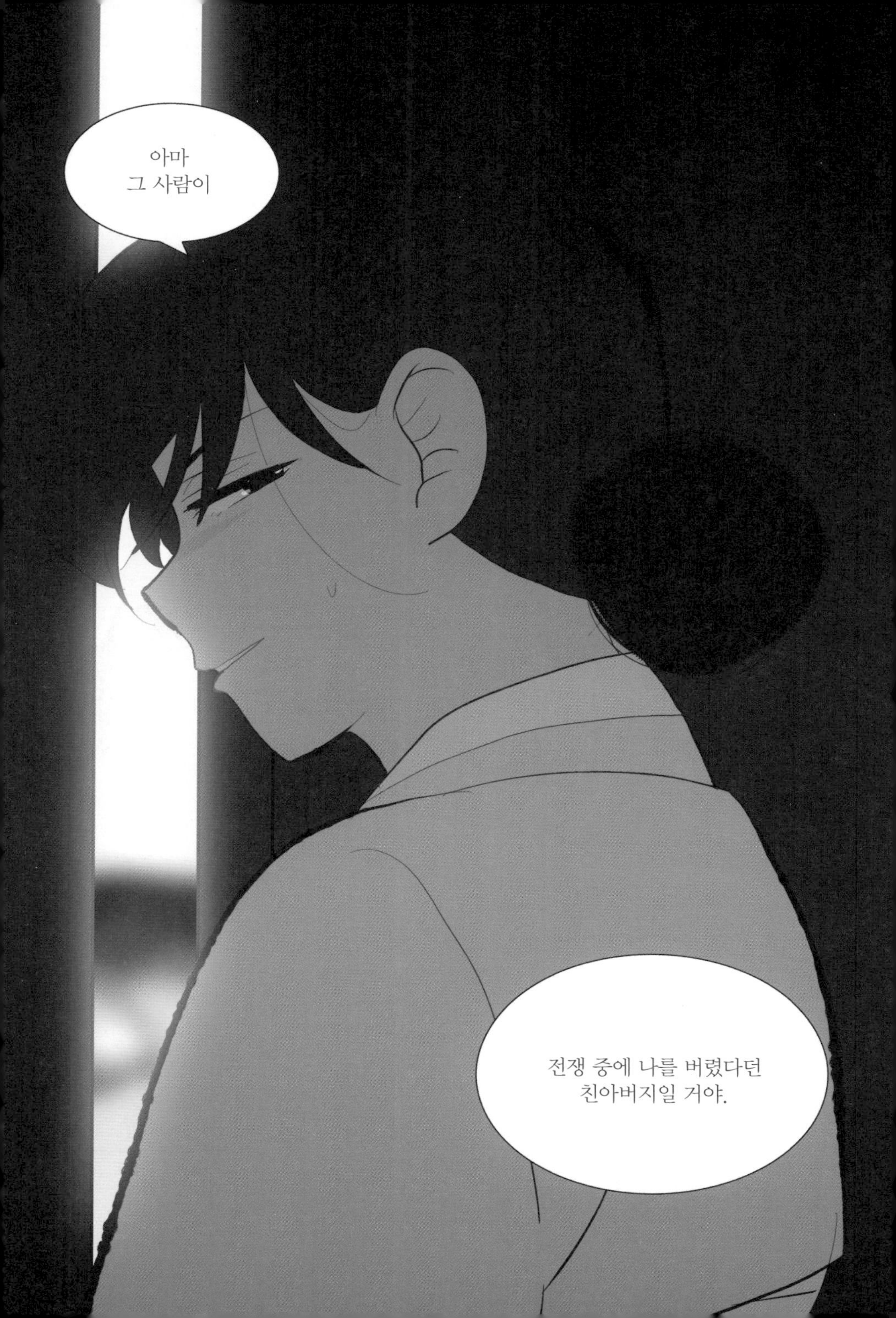
아마
그 사람이
전쟁 중에 나를 버렸다던
친아버지일 거야.

전하가 아니라 선지라고 했지 않느냐.

죄송합니다.

아무튼, 며늘아기 말이다.

동주 말이십니까?

그래. 동주.

그 아이는 어찌하여 임신을 하지 않았는데 임신했다 거짓말을 하는 게냐?

네?

그럴 리가
없습니다.

분명
의원까지 불러서
임신했던 것을
확인했었습니다.

그럼 둘 중
하나겠구나.

내가 맥을
잘못 짚은
것이거나,

이 마을이
한통속으로
너와 날 속이고 있다…

거나?

이거,
생각보다 일이
재미있게
돌아가는구나.

이 마을이
기방으로도
유명하다고 했지.

버럭

그럼 어디 한번
구경이나
가보자꾸나!

전하 아니,
선지야!

어사님~
지난번에 오셨을 때는
행수님만 뵙고 가셔가지구
얼마나 아쉬웠는지 아십니까?

그땐
일이 바빠가지고.

저희도 얼마 전 동주에게 들어서 알게 되었습니다.

동주의 양어머니를 뒤에서 도와주셨던 분이 어사님이셨단 것을요.

얼마 전에는 동주가 기방에 찾아와 연모하는 사내가 생겼다고 이야기하는데,

어찌나 어사님께 감사한지.

동주라면 그 과부 어미와 함께 살고 있는 그 동주 말이냐?

네, 맞습니다.

그것참 이상하구나.

24

시집간 여인에게
연모하는 사내가
지아비밖에
더 있습니까.

동주가
기방을 떠나고 난 후
마지막으로 온 것이 한참이라
아직 옛 동무들이
동주의 소식을 알지 못하고
있었습니다.

귀한 손님께서
오셨단 소식을
이제야 들어
늦었습니다.

연화기방
매화수라고 합니다.

조선엽애뎐

녹두전

전하께서 분명
이 집에 오셨었다
이거지.

네.

저번에
왔을 때도 그렇고,
이번에도 그렇고.

뭔가 있는 것
같기는 한데.

뭐 짚이는 거
없느냐.

없습니다, 없어요.
그러니까 제발 전하께나
다시 갑시다, 형님.

부들

부들

아직도 그 소리냐.

이 집은 귀신 나오는 집이라고 몇 번이나 말씀드렸지 않습니까? 기분 나쁘다고요.

제가 제 두 눈으로 귀신을 봤다고 하지 않았습니까!

울컥

귀신은 무슨.

반짝 반짝

그럼 이 집 모녀가 귀신이라는 게냐?

둘 다 곱기만 하구만.

그건 아니지만, 지금은 낮이지 않습니까? 곧 밤이 되면 혹시 모른단 말입니다!!

에휴.

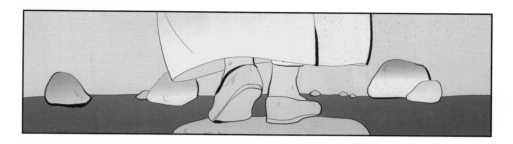

거기 선비님 둘,
멈춰 서보시지요.

아까부터
꽤 오랫동안

저희 모녀를 몰래
훔쳐보시는 걸 알고는
있었습니다만,

움찔

급
귀신 타령을 하면서
어딜 가십니까?

하하.
무슨 말씀이신지
하나도
모르겠습니다.

선비님들 눈에는
저희 모녀가 귀신처럼
보이셨나 봅니다.

저희는
그냥 지나가던
사람…

왜요?

들어오셔서
눈깔 귀신인지 아닌지
확인해보고 가셔도
되는데.

…….

성큼

성큼

하하하하하하,
그럼 저희는 발길이
급해서 이만.

…….

에휴, 멍청이들.

어머니!

에이~ 안 들켜. 걱정 안 해도 돼.

대체 어찌하시려고 그러신 겁니까? 진짜 들어오면 어쩌려고요!!

울컥

그걸 어머니가 어찌 알아요!

버럭

버럭

잘 알지.

쟤네 둘 다 엄청 겁 많아서 어차피 못 들어올 거 알았거든.

아는 분들이 셨습니까?

응. 그 둘, 작은아버지가 제일 아끼는 제자들이야.

아….

그래서

서로 어울려
지내지는 않았지만
오다가다 인사는
했던 사이라 얼굴은
서로 알지.

형이랑
집 나오고 나서
형과 나를 쫓던 것도
저 둘이고.

동주 너랑
처음 만났을 때,
나를 쫓던 사람들도
저 둘이었어.

아….

그러니까
어찌 보면 저 둘이
우리 둘을 이어준 거나
마찬가지야.

대체 왜 찾아야 하고
뭘 해야 하는지 말씀을
안 해주시니…

꽈악

형님.

말은 바로
하십시오.

…스승님께서
이덕 형님 찾는 일은 그만하고,
시발 형님이랑
임금님 뒤를 밟으라고 해서
그렇게 하고는 있지만.

이덕 형님 일도 그렇고,
이번 일도 그렇고…

뭐가 뭔지
하나도 모르겠다.

형님께서 먼저
이 일을 하시겠다고
하지 않으셨습니까?

저야말로 형님께서
무슨 생각으로 이러시는 건지
모르겠습니다.

형님께서는 뭔가 알고 계신 게지요?

그런 거 없다.

그저…

이덕이가 마음에 걸려서 그런다고는 말을 못 하겠다.

조선왕조예편

녹두전

이전에 오셨던 어사님께서 이덕 씨 아버님이라고 칭하시는 분과 함께 기방에 오셨습니다!

과부님!!

콰앙

응, 알고 있어요.

아무튼 언제나 고마워요, 화수 양.

우리도 조심스러워서 집 밖에 나가지 않고 있었어서 두 사람이 어디로 갔는지 모르고 있던 상황이었거든.

덕분에 두 사람이 안 떠났단 사실을 알게 되었네요.

역시 그럴 것 같기는 했었는데.

그 두 분이 이쪽에 먼저 들렀다가 기방으로 오신 거였군요.

그리고 예상했던 대로…

여장한 것도 들키지 않으셨었던 거구요.

내가 여장이 좀 잘 받잖아.

안 들킨 건 다행이긴 한데.

가만 보면 여장을 즐기는 것 같다니까요.

아무튼,

그 두 분의 발은
기방에 잡아놓았으니,
내일 아침까지는
괜찮을 거예요.

그래서 말인데,
동주야.

응?

나?

행수님께서
녹두 씨만 데리고
오라고 하셔가지고.

둘이서만
잠시 기방에
다녀와도 될까?

조선일애뎐

녹두전

왜 기방으로
안 가고
이리 온 겁니까?

행수님께
뭐라고
하실 겁니까?

이 정도쯤 되면
행수님께 도움을
청하는 게 맞겠지.

말이라도
맞춰야 하니까.

행수님께
가기 전에
드릴 말씀이
있습니다.

행수님께서는
도와주시지
않을 겁니다.

혹여나,
도와주신다 해도
제대로 도와주시지
않으실 겁니다.

도와주시는 것보다
문제를 치우는 것이
더 쉬우신 분이니까요.

행수님께서는
마을에 문제가 생길 것
같으면,피해자들을 희생
시키는 것으로 일을
무마시켰습니다.

언제나요.

다수의 피해보단
최소한의 희생을
택하신다는 거군.

네.

현명하신 분이네.

하지만,

전 그 방식이
싫습니다.

착한 아이네.

착하지
않습니다.

약한 것
뿐입니다,

그 모든
일들을

지켜보는 것밖에
하지 않았으니까요.

과부님.

지금
행수님과 만나게
해드리겠습니다.

조선일색전

녹두전

10년 전

행수님, 시댁에서 사람들을 끌고 왔습니다. 도와주세요.

내가 전에 과부석 이야기를 해줬었지. 과부석에 올라가 있어.

그럼 내가 다 해결해 놓을 테니까.

밤이 어두우니 *무명이 네가 함께 올라가거라.

네.

과부님
어디 가셨지?

…?

행수님?

심각한 이야기
중이신 듯하니

난 그냥
자야겠다.

그렇게 시간이 흘러
어린 시절의
기억이 희미해지고,

사연이
딱하더구나.

나 스스로
어른이 되었다
생각하게 되었을
때 즈음.

어린 나이에
늙은 사내에게
팔려가듯이 시집가서
매일같이 맞고 살다

화수야,
머리 좀 식힐 겸
여인네 한 명이랑
과부석에 좀
올라갔다 오너라.

남편 놈의 도박 빚도
홀로 갚게 되는 바람에
결국 이 마을로
도망쳐 왔다더구나.

행수님께서 잘
해결해주셨습니다.

그러니 너무
걱정하지 마세요.

…네.

고맙습니다.

이번만큼은
그때와 다르기를,

어린 내가
잘못 본 것이길
마음을 다해 빌었다.

하지만…

어린 시절 그때처럼
그 여인은 내 옆에
누워있지 않았다.

나도 모르게
잠들었다가
눈을 떴을 때,

놀라 뛰쳐나간 내 앞에는

행수님과
과부석만
우두커니 서있었다.

행수님께서
어떻게 여길….

이 시간에
왜….

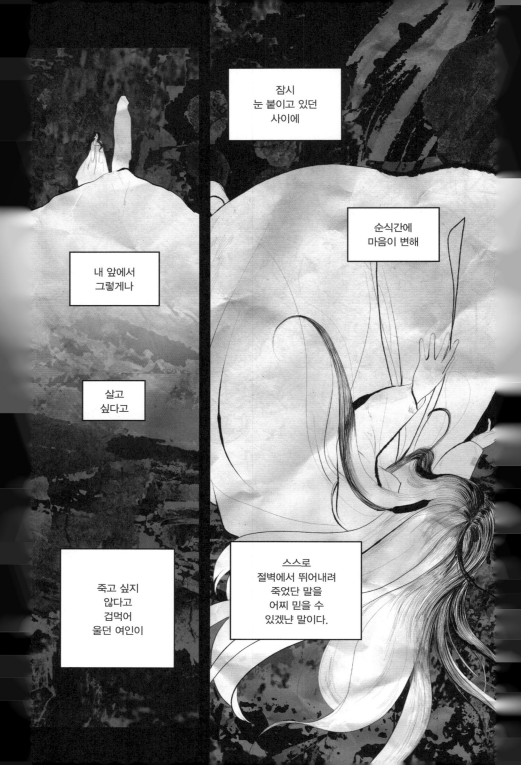

잠시
눈 붙이고 있던
사이에

내 앞에서
그렇게나

순식간에
마음이 변해

살고
싶다고

죽고 싶지
않다고
겁먹어
울던 여인이

스스로
절벽에서 뛰어내려
죽었단 말을
어찌 믿을 수
있겠냔 말이다.

그리고 그런 바보가 된 내 자신을 제일 많이 비웃고 있는 건
바로 나.

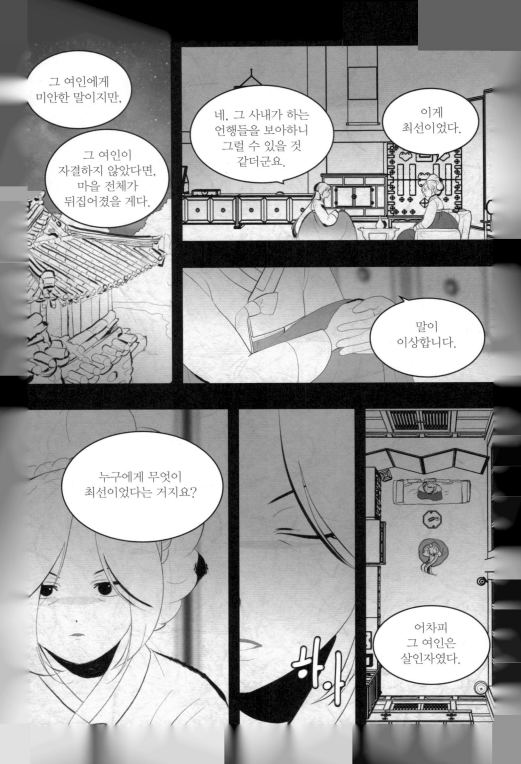

그날
이후로,

도옹주야~
요새 내가 계속 늦지?
보고 싶었엉~

화수,
왔어?

뭐야?
술을 얼마나
마신 거야.

후우….
세상이 돈다.

오늘
행수님이랑
상수랑 한잔했어.

내가 다른 것들은
다 잘하는데
술만 못하잖아.

그래서 오늘
술 좀 배울 겸
마셨어.

찢어내기 시작했다.

측은지심: 남을 불쌍하게 여기는 타고난 착한 마음   *함구무언: 입을 다물고 아무런 말이 없음

너한테 그만한 돈이 없다는 건 누구보다 내가 잘 알아.

그 거지 언니 오빠들한테 돈 모아서 보내고 있다는 거 나는 알고 있었으니까.

화가 나서 버틸 수가 없었다. 다 싫고 미웠다.

나도 싫고,

동주가 잘못한 것은 하나도 없었는데,

아무것도 모르는 동주도 싫었다.

내 화풀이 대상이 되기만 했던 건데,

그런데도
나를 벗으로
대해주는 동주한테

내가 너한테
못된 짓하고
미운 짓 하니까.

미안해.

상처줘서
미안해.

이 바위에서
죽을 결심을 하는 동안
아무것도 해주지 못해
미안해요.

너도 나를
용서하지 마.

그날 이후로,
나는 내 식으로

후에 나 역시
저 자리에 앉는다면
행수님과 같은
선택을 하는 날이
올 수도 있겠지.

과부석에서
더 많은 희생자가
나오지 않게 하기 위해
행수가 되기로
결심했다.

하지만

적어도 난

행수님처럼
내가 먼저 과부석에
올라가라고
떠밀지는 않을 거란 것.

그러니까
어떻게 해서든
막아야 돼.

행수님께서
과부들에게 무어라 말해
그 바위로 올라가겠단
말을 들어냈는지는
모릅니다.

그러니 행수님께서
뭐라 하시든
과부님께서는
과부석 만은
올라가지 말아주세요.

조선일애뎐

녹두전

화수가 우리를
도와주기 위해서
그러는 것도 알고

화수도 이제
서방님을 남자로 보지
않을 거란 것도 아는데,

추욱

다녀오세요.

단둘이서
이 야심한 시간에

나가는 건
너무하는 거 아니냐고.

칫

쳇

뿡

아!

맞다!!
그게 있었지!

뒤적

뒤적

있다.

열무가 준
사향.

동주야.

너도 여자니까 연모하는 사내에게 만큼은 세상에서 제일 아름다운 여인처럼 보이고 싶을 때가 올 거란 말야.

그때, 이 사향을 써.

조금 부끄럽긴 하지만,

그래도….

응?

오셨구나!

다녀오셨습니까!
어머니!

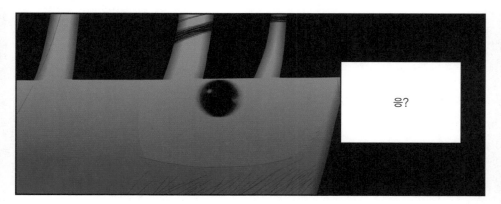

응?

내 우리 아들놈을 조금 더 기다릴까 싶어서 더 머물기로 했는데,

오늘 처음 만난 안사돈이랑 며늘아기 둘이서만 있는 집에서 신세 지는 건 예를 벗어나는 행동 같아 기방에 짐을 풀었단다.

꿀꺽
꿀꺽

하아…

살 것 같다.

아무튼, 시아비라는 놈이 기방에 들어가 짐을 푼 것도 모자라 술까지 마시고 오고 미안하구나.

아닙니다! 아버님.

뭘 아닙니다,
아버님이야.

빤히

마음에도 없는
소리 하지 말거라.
며느리야.

죄송합니다!!!

두둥
-가
아니라

진짜…

나 뭐라는 거니.
대체…

진짜 아니옵니다,
아버님.

그래?

그렇다면
이리 와
앉아 보거라.

톡
톡

멈칫

네?

얼른!

털석

넵!

망했다.

무슨 말을
어떻게
해야 하지?

이분…
임금님이신
거잖아.

우리 며늘아기
나이가 몇이지?

열여섯입니다,
아버님.

열여섯이라

좋을
나이구나.

내가
열여섯일 적에는
무엇을 했더라.

아침에는
모르고 봐서
몰랐는데,

그래,
한참 전쟁이
시작되고
있던 때였구나.

서방님의
아버님이란
사실을 알고 보니까,
정말 닮았어.

그해에 첫아들을 낳았지.

…….

네?

내 말 듣고 있는 게냐?

네!

꼬덕

꼬덕

네!

'네!'가 아니지!

홱

네?

화들짝

내 아들은 내가 낳은 게 아니라 내 부인, 빈궁이 낳았지 않았느냐! 으하하하하하하!!!!

네?!?

며늘아기는
네 서방이 어찌
태어나고 자랐는지
궁금하지 않느냐?

꽈악

그게
궁금은 하온데,

늦은 시간이니
내일 말씀해
주심이─

잔말 말고
듣거라!!

버럭

내 첫째
아들은 말이다.

제 딸 아이한테
무슨 짓을 하고
계신 겁니까?

무슨 짓이냐니요.

며늘아기와 담소를 나누고 있었던 것 뿐입니다.

사돈이야말로 이 시간에 어딜 다녀오신 겝니까.

혹,

제 아들놈이라도 몰래 만나고 오신 겝니까?

사위 놈을 봤다면 데리고 왔지, 저 혼자 왔을 리가요.

동주야,
나 봐봐.

이 시간에
널 혼자 두고
나가는 게
아니었는데.

미안해.

무슨
이상한 짓 당하거나
한 건 아니지?

꽈악

도리-
?도리

정말?

전혀요.

아버님과 대화를
나누고 있었던 것
뿐입니다.

이봐요.
사돈.

대체 내가
무슨 짓을 했다고
이러십니까?

정말
무슨 짓을 했는지
몰라서 물으시는
겁니까?

그렇소.

사돈.
지금 내가
누군지는 알고
그리 말을
하시는 겁니까?

누구기는
누굽니까?

사위 놈
아비지!

뻐럭

하하, 맞습니다.
혹 잊으신 듯해서
여쭤봤습니다.

그럼,
이왕 불청객이 된 김에…

지금 저랑
술 한잔 하시는 게
어떠시겠습니까?

조선일애전
녹두전

본디
상견례 자리에서
아비 되는 자끼리
마시는 것이
예의인 줄은 알지만,

동주에게
아비가 없어
제가 대신하는 것을
양해 부탁드립니다.

먼저 한잔하자
한 것은 저 아닙니까,
사돈.

그런 사사로운 것은
신경 쓰지
않으셔도 됩니다.

이왕
이렇게 된 거

제대로
저자를
떠봐야겠어.

실은 말입니다,
사돈.

이덕이가 자기는
어미 아비가 없는
후레자식이라고
제게 말했던 터라,

사돈께서
찾아오셨을 때
매우 많이
당황스러웠습니다.

하하하,
그러셨습니까?

뭐,
그러실만하지요.

그렇다고
아들놈이 돌아왔을 때
너무 나무라지는
말아 주십시오.

아들 녀석이
그렇게 말한 데에는
다 이유가 있습니다.

이유요?

뭔가요.
너무 궁금합니다.
사돈~

꿀꺽

이덕이는
전쟁 중에 잃어버려서
저도 여태까지
죽은 줄 알고 있던
아들이니까요.

아,
잠깐.

잃어버린 게
아니지.

잃어버렸단
표현보다는
납치라는 말이
더 맞겠군요.

아침에
저와 함께 온
형님께서

아들이 죽지 않고
이 마을에서 살고 있다고
말씀해주셔서

저도 며칠 전에서야
그 아들이 살아있단
사실을 알게
되었습니다.

이제서야
저도 아들을 만나러
찾아온 겁니다.

분명,
아버지께서는

할아버지가 전쟁 중에
버려져 있던
나를 주워오신 거라
말씀해주셨었다.

납치라니요.
어떤 이가
무슨 이유로요?

아직,
납치한 사람도
아들도 찾지 못해
저도 모릅니다.

그런데,
이자는 왜.

어찌하여
이런 말을
하는 거지?

만에 하나
이자의 말대로
아버지께서
나를 납치를 한 거라면,

아버지께서
날 가둬 키우신 것이
납득이 된다.

하지만,

굳이
왜?

임금의 자식을
납치해서 키울
이유가
아버지에게
뭐가 있냔 말이야.

…설마

반란?

그것을 전제로 깐다면,
나를 납치해서 키운 것
역시 납득이 된다.

하지만,
아니야.

그럴 리가
없다.

아버지께서
무슨 욕심이 있어
역모를 꾸민단 말이야.

혹시라도

내일이라도
사위가

그러니까
댁의 아드님이

이 집에 오면
무슨 말을 해주고
싶으십니까?

아들을요?

아들을
제가 만나요?

하하,
좋지요.

제가
아들을

지금
만난다면

꽈악

이리
끌어안고

아들아.

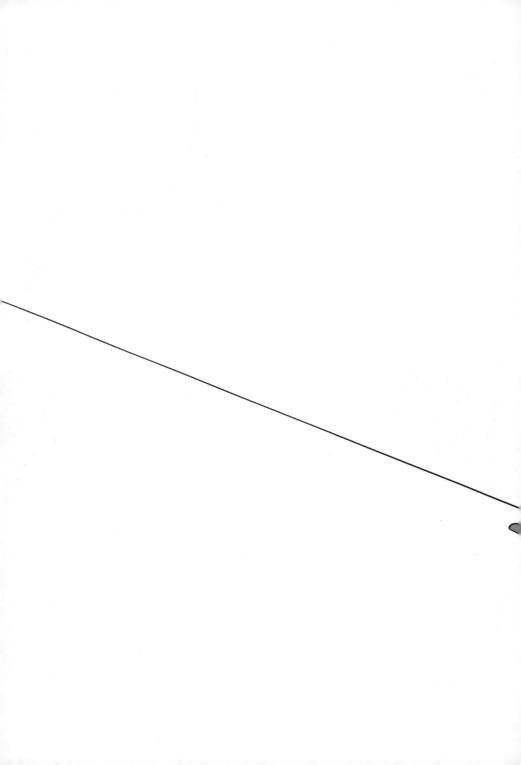

조선 일애뎐

녹두전

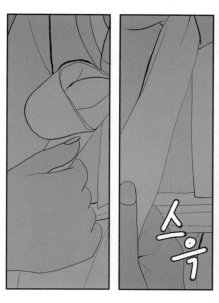

스
으
윽

웅찔

무!!!

버럭

무무무무
무슨 짓입니까?!

사또온!!

하아

하아.

아무래도
사돈께서 술이
과하셨던 것
같습니다.

전 이만
나가보겠습니다.
주무시지요.

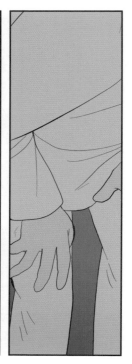

취한 건
맞지만,

잘 때 자더라도
확인해보고
자고 싶어졌습니다.

몸이
부딪쳤을 때의
감촉이며,

벗겨보았을 때의
모양이며,

아무래도 제가

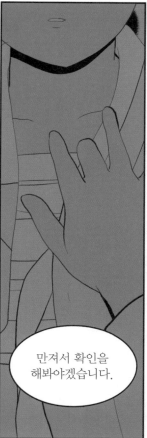

만져서 확인을
해봐야겠습니다.

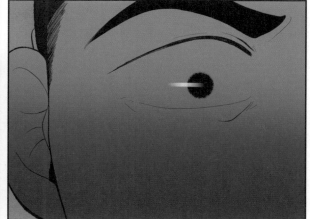

하아.

괜찮으십니까?
어머니.

아니.

네 시아비 놈이
말이다.

취하라면 곱게
취할 것이지
날 덮치려고 했다고.

네?!

걱정 마.
순결은 지켰어.

꼬옥

대충 급소 차서
기절시켰으니까
어지간해서 다시
못 깰 거야.

…그래도
되는 건가요?

조선실예편
녹두전

저기,
어머니.

아버님께
아들을 만나면
뭘 하고 싶으시냐고
물으셨던 것 말입니다.

아버님께서 뭐라고
대답하셨는지
물어봐도 되나요?

......

아.

별말씀
안 하셨어.

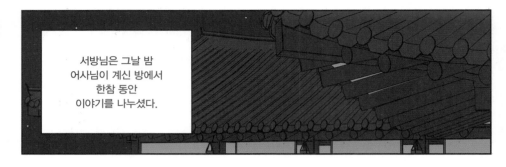

서방님은 그날 밤
어사님이 계신 방에서
한참 동안
이야기를 나누셨다.

같이 방에
들어가는 것
까지는 아니더라도
무슨 이야기를
엿듣기라도 하려 했지만,

서방님께서
단호하게
엿듣지 말라고
내쫓으셔서

빈방에서
화수와 쥐 죽은듯이
조용하게
밤을 지새웠다.

하아.

그렇게
뜬눈으로 밤을 지새우다
집에 돌아와
방에 들어가 보니,

아버님께서
숙취로
괴로워하고 계셨다.

다행히 새벽 중에
있었던 일들 모두
숙취로 인해 기억이
안 나시는 듯했다.

얼마 안 있어
어사님께서 오셔서
아버님을 모시고 돌아가셨다.

어머니.
이제 어떻게
하실 거예요?

뭘?

아니,
그…

?

계속 여기서
지내도 되는 건가
해서요.

그보다
동주야.

너한테 무슨
냄새난다?

네?

응.
좋은 냄새 나.

냄새요?

냄새는 무슨
냄새요?

냄새 날 것이
뭐가 있습…

킁
킁

……..

아!! 맞다!
사향!!!!

니까?

피식

동주야.
내가 밤새 한숨
잠을 못 자서
코가 이상해졌나 봐.

지금이라도
방에 들어가서
좀 자자.

아, 네!!
그럼 저는
오늘 제 방으로
가겠습니다!
안녕히 주무세요!

덥석

무슨
소리야.

141

가긴 어딜 가.
난 동주 네 옆에서
딱 달라붙어서
잘 거야.

도망 못 간다.

......

망했다.

사향 찬 거
들키기
싫은데.

방에 들어가기 전에
어떻게든 풀어놓고
와야 하는데.

x

142

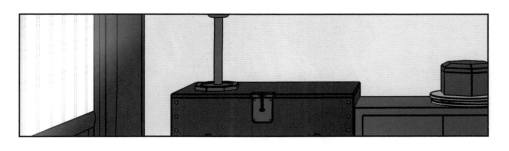

동주야.
이게 뭐야?

사향이요.

내가
너 때문에
미치겠다.

이런 건 또
어디서 구했대?

그런데
이거 어쩌지.

마누라가
사향까지 차고
유혹하는데
나 너무 졸려.

유혹 막
그런 거
아니었거든요.

알겠어.

그런데
말야.

혹여나
나중에라도
날 유혹하고
싶어지는
날이 또 온다면,

나한테는

있는 그대로의
동주 네 향이

더 치명적이라는 거
기억해봐.

화끈

뭐… 뭐라는
겁니까!!!

농담이야.
농담.

사향을 들켜서
부끄러웠지만,

괜찮았다.

스윽

정말…

무슨 일이 났다면,
나한테 먼저
이야기 하셨을 테니까.

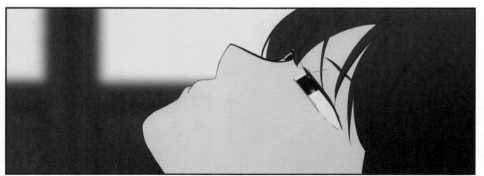

조선일애전

녹두전

동주야!!!

왜
무슨 일이야,
화수야.

지금
이러고 있을 때가
아니란 말이야!

빨리

빨리 가야 돼.
너.

무슨 소리야,
화수야.
진정해봐.

차라리 빨리
마을에서
떠나라고 했었잖아!!

내가 녹두 씨 과부석에 못 올라가게 하라고 했잖아.

낌새가 이상하면 지키고 있었어야지.

너 뭐 했어!!! 대체!!

화수가 지금 무슨 말을 하는 거지?

지금 그 어사인가 뭔가 하는 사람이랑 같이 왔던 남자랑 네 어머니랑 셋이 과부석에 올라갔단 말이야!

그 셋이 과부석에 왜?

서방님이 과부석을 왜?

나도 몰라.

그런데 분위기가
심상치 않아서
여기에 뛰어온 거야.

별일
아닐 거야.

고마워!
화수야!!!

화수가 잘못 보고
지레 놀래서
호들갑 떠는 걸 거야.

미안해.
동주야.

아니야,

아니야,

만에 하나
정말 무슨 문제라도
생긴 거라면,
말씀해주셨겠지.

좀 전까지만 해도
평상시와 똑같이
잠들었었는걸,

과부석에는,
그냥 바람 쐬러
올라가셨을 거야.

찾았다.

것 봐.

별일
아니잖아.

…어?

아버지!!!

넌 보면 안 돼.

동주야.

미안하다.

부디 이 나라를
잘 이끌어주시고!

네?

먼저 갑니다.

어딜…

가신다는 거지?

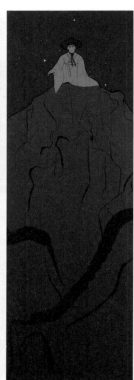

어딜
가신다는 거야?

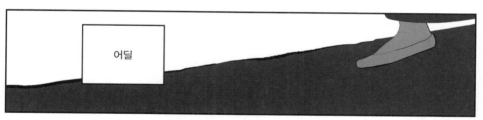

어딜

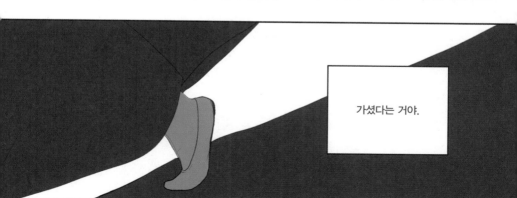

가셨다는 거야.

안 보여,

안 보인다고!!!!

조선힙애든
녹두전

하얀 눈이
내린다.

벌써
눈이 올 때던가,

그런데
이상해.

춥지가
않아.

오히려
따스하다.

아,
꿈인가 보구나.

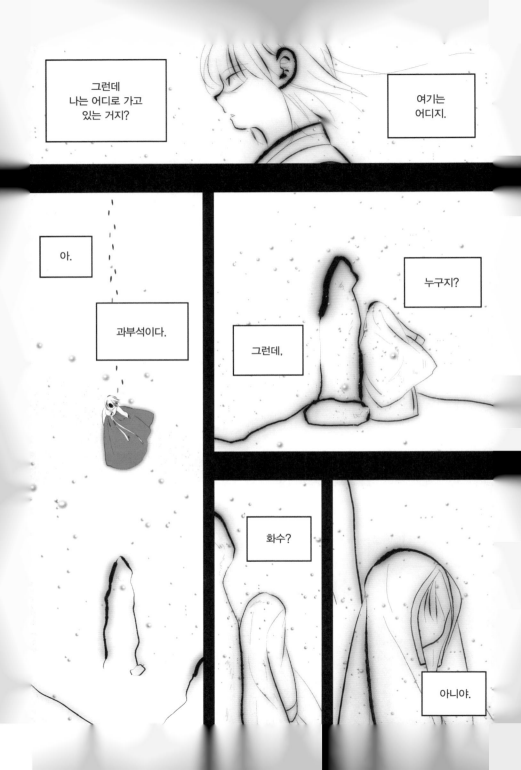

어머니?

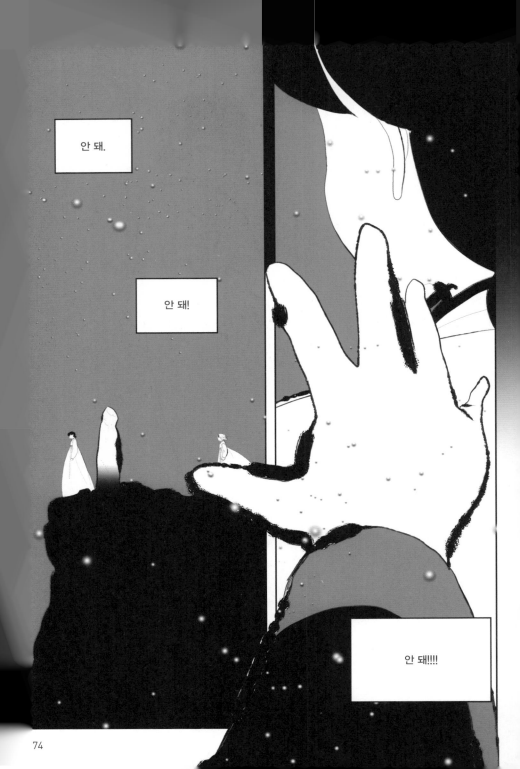

...아.

머리야.

비틀

동주야,
괜찮아?

......?

화수 네가 왜
여기에 있는 거야?

녹두 씨가
너 좀 봐달라고
해서 온 거야.

어제 기방에 왔던
그 어사님이랑 선비님과
셋이서 할 이야기가 있다고
옆 마을에 가셨어.

서방님이?

이야기를 하려고
옆 마을까지 갔다고?

나도 자세한 건
잘 몰라.

아무튼,
너무 걱정은 하지 마.
내일 밤 안에는
오신다고 하시더라.

아무튼
배고프겠다.

밥 차려
올 테니까.

뭐?
네가
차려주게?

응.
누워있어.

뭐지?

갑자기
무섭게
왜 저래.

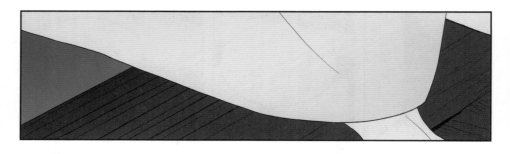

날씨는
또 왜 이래?

입김까지
다 나오네.

왜 이렇게
추워?

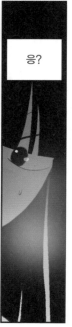

응?

내가 왜
솜옷을 입고 있어?

내 머리카락이
왜 이렇게
긴 거야?

아아...
내가 갈아입혔어.

너 *고뿔
걸렸거든.

*고뿔: 감기

내가?

응, 네가.

녹두 씨가
나가려고 보니까,
네가 열이 심하게
올랐더래.

그래서
내가 대신
부탁받고 온 거야.

이상하다.
하나도
안 아픈데.

와보니까
열은 펄펄 끓지.
땀은 홍수지.

내가 약 먹이고
옷 갈아입히고
아주 생지랄을
떨었다구.

지금은
정말
괜찮은데.

179

화수 네 덕분에
열이 다 떨어진 건가 봐.
고마워.

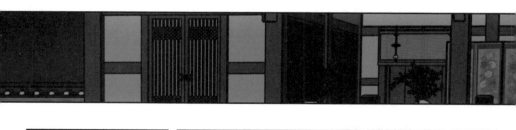

동주는?

어제와
같습니다.

약은 잘 먹였고?

네.

벌써 서른 날
넘게 저 지경이니…

네가
고생이 많다.
화수야.

녹두 씨가
과부석에서
뛰어내린지 37일째

그사이
계절은 가을에서
완전한 겨울로
들어섰다.

그리고
그날 이후로
동주는,

잠들었다가 깨면
녹두 씨가
과부석에서
떨어졌다는 사실을
잊어버리고 있다.

동주의 이상 증세가
시작된 것은
녹두 씨가 과부석에서
자결했던 날부터였다.

녹두 씨가
절벽 아래로
떨어진 것을 보고
동주는 혼절했다.

그 후,
3일 동안 동주는
일어나지 못한 채
이유 없는
고열에 시달렸다.

처음에는,
큰 충격으로
잠깐 그러는 것일 거라
생각했다.

화수,
네가 왔을 때도
어머니가
안 계셨다며.

나한테 어디 간다고
말을 안 하고
가실 분이 아니야.

분명 무슨 일이
생긴 거라고.
빨리 찾아야 해.

하지만,
동주의 상태는
더더욱 나빠져만 갔다.

동주는 매일
해가 질 때쯤에
일어났고,

속옷 차림으로
어머니가
없어졌다고
울면서 찾아다녔다.

그렇게 하루 종일
집 안을 돌아다니다가
밤에는 지쳐 잠들었다.

그 모습을 보다 못한 내가
동주에게 녹두 씨가
과부석에서 떨어져
죽었다고,

너도 보지
않았냐고
말해보기도 했지만,

아니라고,
그게 무슨 소리냐고
말도 안 된다며
울다 지쳐 잠드는 것도
그날 하루뿐.

처음에는 기억이 없는
동주를 어찌할지 몰라
계속 붙어서 있었지만,

그것도
하루 이틀.

아,
그게 말이지.
녹두 씨가 너한테
내일까지
못 돌아오니까,

걱정 말고 있으라고
전해달라고
부탁해서 온 거야.

거짓말은 하면 할수록
살이 붙어버렸고,
마치 사실인 것 마냥
이야기는 뚜렷해졌다.

그럼,
가볼게.

응, 고마워.
화수야.

이따가
일 끝나고
시간 되면 올게.

내가 애냐.
혼자 있어도 돼.

죄책감이
들었지만,
어쩔 수 없었다.

나 역시
완벽하게는 아니더라도
어느 정도로는
일상으로 돌아가야 했고,

동주에게도
매일 울다 잠드는
하루가 아닌,
그냥 평범한 하루가
나을 테니까…

하지만
이런 완벽한
거짓말도
다가오는 계절과,

동주가
오늘은 걸레질을
했구나….

지나버리는
시간 앞에서는
어쩔 수가
없었다.

동주가
매일 청소하는 덕에
집은 이상하리만치
매일 깨끗했고,

날은 점점 추워져
동주의 옷도 솜옷으로
바꿀 수밖에 없었다.

그리고 내가 예상하지도
못 했던 부분에서
동주가 이상함을 느끼는 날이
잦아져서 내 거짓말은
하루가 다르게 늘어갔다.

화수야,
왜 이렇게 춥지?

하하하.
그러게 말이다.

화수야
내 머리가
원래 이 정도
길이였나?

하하하,
글쎄,
난 잘 모르겠는데.

때로는

거짓말로
하루하루를
버텨도 되는 건가
라는 걱정과

내가 왜 이렇게까지
동주를 책임지고
지켜봐줘야 하나라는
의구심에 대한…
죄책감의 무게로,

그냥 나도
모르쇠로 동주를
외면해버릴까 하는
생각도 했지만,

시끌벅적하던 집에
혼자 앉아 문만 바라보는
동주를 보게 될 때마다

뭐야,
왜 나와 있어.
추운데.

춥기는
추워 봤자 아직
*한로인데, 뭘.

자책으로 밤을
지새우게
되는 것이었다.

내가 무슨
바보 같은 생각을
한 거지라며,

*한로(寒露): 이십사절기의 하나, 늦가을에서 초겨울 무렵

…큰

일 났다.

눈이네.

결국 눈이
와 버리네.

동주한테
뭐라고
둘러대지.

망했다.

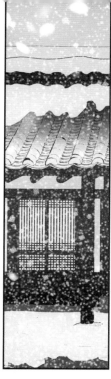

응?

뭐야.

왜
이렇게 추워.

끼잉

……?

......?

…눈?

화수야,
동주 상태는
좀 어때?

뭐,
그대로지….

그렇구나.

저기,
다른 게 아니라
오늘은 우리도 동주한테
같이 갈까 해서.

그게…

여전히 동주가
양어머니가 죽었다는 사실을
인지 못하고 있어서,
안 될 것 같은데.

동주 상태가
나아지면
그때 오이랑
같이 가자.

미안해.
열무야.

아니야.
괜찮아.

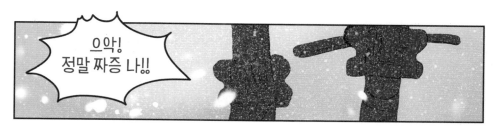

으악!
정말 짜증 나!!

오이야,
목소리 낮춰.

버럭

그래도….

일부러
여기까지 나와서
이야기하는 건데,
뭐 어때!

아무리 생각해도
화나고 마음 아파서 그래!

나도 동주한테
가보고 싶은데!

행수님도, 화수 녀석도
당분간은 동주 근처에 얼씬거리지
말라고 하니까 정말 답답해서
미치겠다고!

화수 그 지지배
지가 차기 행수면
다야?

언제부터 동주한테
신경 쓰고 잘했었다고
이제 와서
챙기는 척이냐고.

오이야.
너무 그러지 마.

동주가
미쳤다잖아.
그래서
그런 거잖아.

저기,
대화를 엿들어
죄송한데…

?

…?

누가…
미쳤다는 겁니까?

미쳤어.

하지만

아무리
아닐 거라고
생각해봐도

내가 미친 게
분명해.

미치지 않고서야,
이 엄동설한에
무슨 짓이야.

그게
꿈 같지가 않아.

...어를 수 없어.

아무리
찾아봐도
어디에도 없잖아.

나한테 어디 간다고
말 안 하고
갈 사람이 아닌데.

아무리 기다려도
오지를 않잖아.

미끌

꺄악!

철푸덕

내가
미쳤지.

아아.

미쳤어.
미친 거야.

아파.

왜 굳이
여기까지 올라와서
이 난리냐고,

지금이라도
다시
내려갈까?

어머니가
집에 돌아와
있을 수도 있잖아.

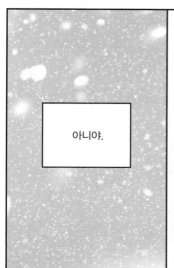

아니야.

아냐.
올라가야 해.

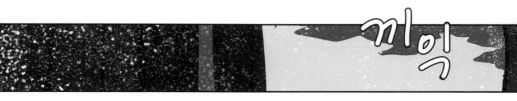

끼익

킁

하아.

왔다,

왔어.

어지러워.

비틀

…보고 싶어.

끼익

미치겠네.
어딜 간 거야.

눈이 와서 평상시랑
반응이 다르게
나온 것 같은데.

대체 어디부터
찾아야 하는 거지?

화수 양?

꽉

저기

아무리 찾아봐도
동주가 안 보이는데,

어디 갔는지
아십니까?

저도
몰라요!!!

오이야,
아침에 봤던
사내 말이야.

그 얌생이
선비랑
같이 온 사내?

응.

그 사내 말야.
동주네 양어머니랑
닮지 않았어?

무슨 소리
하는 거야.

그 사내는
동주 양어머니랑 다르게
눈물 점이 없었다고.

…너도 나랑
같은 생각을 했구나,
오이야.

그치?
괜한 생각
이겠지?

응.

…응?

뭐지?

비틀

화
아
아
ㅇ

헐.

여기가
어디야?

두리번

두리번

아냐 아냐,
이상한
생각하지 말자.

그
빌어먹을 꿈.

어떻게 이게
꿈이 아니야.

그 꿈에서는
항상 이덕이가
여기에서
떨어져 죽어.

그래.
이건 꿈이야.

그
지독한 꿈.

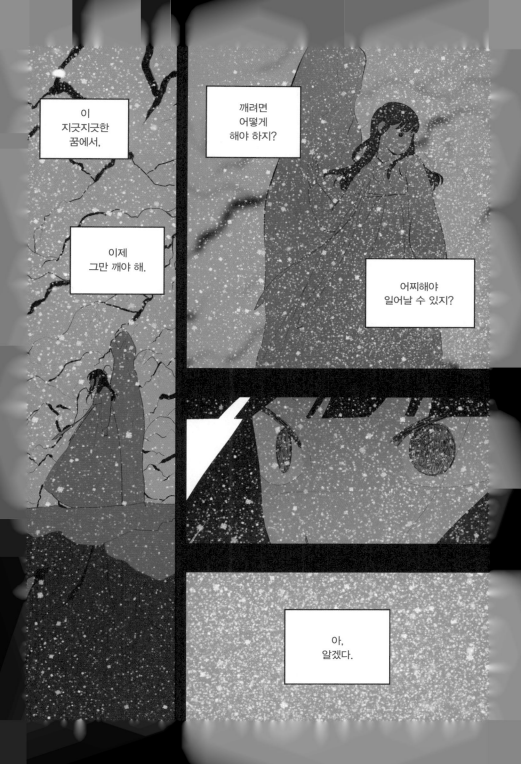

여기에서
떨어지면
깰 수 있어.

꿈에서 죽으면
눈을 뜬다고들
하잖아.

그렇게
눈을 뜨면,

어머니가
나를 보고 웃으면서,
나를 안아주고 계실 거야.

찾았다.
동동주.

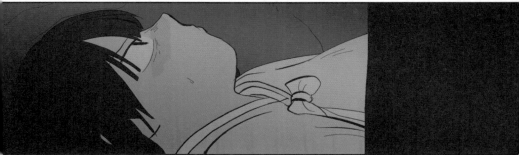

?!?!?!?!?!

펑

까아아
아아아악!!!

탁

누···
누구십니까?

부들 부들

끄···

끄응.

실망이야.
동동주.

어떻게 하나 있는
서방 목소리를
못 알아들어?

설마,

서방님께서
저승사자가 되어
절 만나러 오실 줄은
몰랐습니다.

뭐?!

223

그렇지 않고서야
죽은 서방님께서
검은 두루마기에 갓을 쓰고
여기에 계실 이유가
없지 않습니까?

그게 무슨.

그래도 그나마
저승 가는 길,

무서울 줄 알았는데,
먼저 가신 서방님께서
이리 마중 나와주셔서
이제 하나도
무섭지 않습니다.

동동주,
심통 그만 부려.
왜 그런 소리를 해.

심통이오?

나도,

나도 이덕이
네가,

이렇게
내 눈앞에 있는
상상을 수도 없이
많이 했어.

하지만,

그렇게
잠들었다가
일어나도,

같이 잠든 네가
어디에도 없었다고.

꿈이 아니라면, 네가 내 옆에 없을 리가 없잖아.

서방님이 과부석에서 떨어져서 죽은 건 꿈이잖아.

그래서 나도 꿈에서 깨려고 떨어진 것뿐인데,

이제서야…

미안해. 동주야.

그런데,

무슨 심보로 나타난 거냐고!

이건 꿈도
아니고,

너도 나도
안 죽었어.

거짓말!

끄음...
그렇게 나온다.
이거지.

알았어.

그러고
있어 봐.

조선설예전

녹두전

그래그래.
정말 다행이기는
한데,

첫마디가
어머니가 뭐냐,
서방님도 아니고.

어머니
아니 서방님.

살아있어서
정말 정말
다행이에요.

토닥 토닥

머리 풀고 여인 흉내 내야
지아비 알아보는 부인은
전국 팔도에서 동동주
너 하나뿐일 거다.

뭐, 나도 개버릇
남 못 준다고
묶고 있는 편이
뭔가 더 편하긴 한데.

아무튼,

이렇게 머리
풀고 있는 것도
지금 여기에서가
마지막이야.

네?

그러니까
지금 마음껏
봐두라고.

왜

왜요?!

그거야,

울컥

과부 전녹두는
이제 죽었으니까.

화수 양은 과부석에서
내가 자결을 할까
두려워하고 있었는데.

난 그런 화수 양을 보며,
왜 그런 말도 안 되는
고민을 하지? 라는
생각만 하고 있었다.

크흠.

행수님…?

사리
이모님도?

이모님 언제
돌아오셨습니까?

오늘
왔습니다.

먼저 와
계셨습니까?

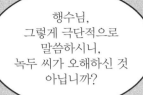

행수님,
그렇게 극단적으로
말씀하시니,
녹두 씨가 오해하신 것
아닙니까?

화수 양?
왜 그래요?

아무튼
오해를 풀려면
말보단 행동이
빠르겠죠.

잠...
잠시만요.
웃음이
터져서.

부글

오해는 무슨
오해입니까?

부글

네?

?!?!!

녹두 씨,
잘 보세요.

그리고
지금 굳이

왜?

어째서?

갑자기 사리 이모님이
절벽 아래로
뛰어내리시는데,
정말 세상이 순식간에
하얗게 변하면서…

…라는
생각을 하는 순간.

사람이 죽는다는 게
이렇게 쉬운 건가 싶더라.

아래에서
이모님의 목소리가
들리더라.
여기 보세요!
여기예요!
뭔가 있겠지라고
추측은 계속
해왔지만,
내가 애들
데리고 내려갈게,
사리야.
이 정도로
어처구니가 없을 줄은
몰랐어.

역시,

역시
이 마을 여자들은
대단했어!!

조선일애던

녹두전

기방에서
과부석 전설을
이야기해주실 때부터
뭔가 속임수가 있을 거라고
생각은 했었지만,

이런 곳이 있어서
뛰어내리는 거라고는
생각 못 했었어요.
행수님께서는
대체 이런 생각은
어찌하신 겁니까?

제 생각이라기보단
사리의 작품이죠.

예전에 제가
자결을 하려
한 적이 있었다고
말씀드린 적이 있었죠.

자결하려 했던 곳이
바로 이 절벽입니다.

그때까지만 해도
과부석은
없었지만요.

245

설기 언니가 붙잡는 터에
뛰어내리지 않고 사는 길을
택하고 내려오던 길에
이 동굴을 발견했었습니다.

뭐야?
여기에 이런
동굴이 있었어?

잘 됐다.

저 안에서
해 뜰 때까지만
있다가 가자.

끄덕

꽈악

여기에서
뛰어내려 뒤져버리면
네 딸내미도
여기 데리고 와서
너 따라가라고 할 테니까,
그럴 생각일랑
추호도 하지 마라.

설마 해서
하는 말인데,

언니는
터무니없는 소리를
한다며 나무랐지만,
그날 전
이곳을 마음에
담아놨었습니다.

그리고
제가 예상했던 대로
얼마 지나지 않아
시아버님이
이곳을 찾아오셨습니다.

혹여나
시아버님이 수소문해
저를 찾아오실 수도
있을 테니까요.

막상 아기가
태어날 때쯤이 되니,
혹여나 귀한 장손을 얻는 건
아닐까 하는
심보 때문이었겠지요.

아기는 아들이었느냐,
딸이었느냐.

죽었습니다.

찰싹

지금
누구 안전이라고
시아비 앞에서 싫다는 말을
입에 담느냐!

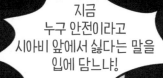

걱정하지 마세요.

뒤져줄 테니까.

내 아들로 모자라
손자까지 죽인 년이
어디서 감히!!!

우리 집안의 대를 끊고
네가 온전히 살아 숨 쉬길
바랐느냐!!

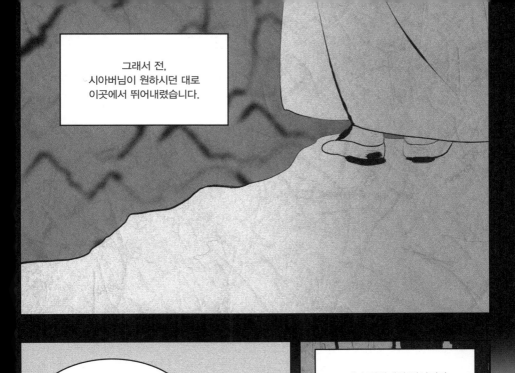

그래서 전,
시아버님이 원하시던 대로
이곳에서 뛰어내렸습니다.

하지만,
보시다시피 전 죽지 않고
여기 살아있습니다.

방긋　　　방긋

제가 절벽에서 떨어졌단
소식을 들은 설기 언니가
혹시나 하는 마음에
이곳에 찾아와 주었고,

덕분에 시아버님께서
제 시신을 찾겠다며
이 마을에 헤집고 다니는 동안,
이 동굴 안에서
숨어 살 수 있었습니다.

시아버지께서는
아무리 찾아도
제 시신이 나오지 않자
그리 원하시던
자진 열녀비를 끝끝내
이 마을에 세우시더군요.

그리고 그 열녀비가
지금의 과부석이
된 것입니다.

그 후로도
혹시나 시아버지께서
마을에 다시
찾아오실 때를 대비하여
외눈박이 귀신이 되어
숨어 살았지만,

여태껏
단 한번도
찾아오시지
않았습니다.

그래서.

그래서,
화수야.

실은 내가 엄마야.

그건 이미
알고 있었거든요?

어?

지금은 그게
중요한 게 아니라.

두둥

그럼,
행수님,

그렇다면,
제가 어릴 적에 봤던
그 여인…

그래,
모두 살아서
마을 밖으로 나갔다.

그리고 또
행수님이 바위에서
밀어 죽였다고 생각했던
그 여인도!

남편한테
맞아 죽기 싫어
도망 나왔었다고 했던,

그 울보 여인도!!

하지만 분명
그 여인의 시체를
제가 보았는데….

그럼
그 시체는…
어떻게.

부패한 시체
한 구쯤이야,
구하기 쉽지.

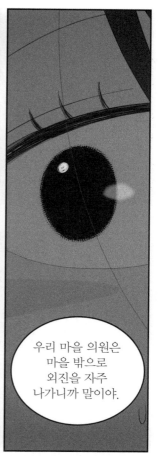

우리 마을 의원은
마을 밖으로
외진을 자주
나가니까 말이야.

돈을 좀
밝혀서 그렇지,

일 하나는
기가 차게
잘 한다니깐.

화수 네가
내 자리에 앉게 되면
제일 많은 이야기를
나누게 될
사람일 게다.

알겠어요.

그럼
됐어요.

토닥
토닥

꼬덕

아무튼
그럼.

제가 바위에서
뛰어내린 다음에
이 마을을 떠나면
되는 거지요?
행수님?

네.
그렇지요.

사리도 그렇게
하는 것이 좋겠다고
저에게 서찰을
보내왔던 것이었고,

저 역시
자세한 사정은
모르지만,

알겠습니다.

그러는 것이
나을 것 같아
이곳으로 오시라
한 것입니다.

그럼 빠른 시일 안에
제가 이곳에서
죽는 걸로 하죠.

그렇게
계획을 세우고
집에 돌아왔는데,

예상치도
못 한 일이,

눈앞에서
벌어지고
있었던 거지.

임금은,

이미 내가
자신의 자식이란 걸
눈치채고 있었어.

그리고 동주,
너까지.

나를 안다는 이유 하나만으로,
모두 다 반역죄로 몰려
죽을 수도 있을 테니까.

한시라도
빨리 임금 앞에서
내가 죽었어야 했어.

잘 때 자더라도
확인해보고
자고 싶어졌습니다.

그래서
그날 밤,

동주 네가
화수 양이랑
방에 있는 동안

행수님과 이모님
그리고 이체 형이랑 나 넷이서,
과부석에서 내가 어떻게
뛰어내릴지에 대한 계획을 세웠어.

그리고 그때 일로
동주 너한테 모두가
미안해하고 있어.

네?

저한테요?

그게,

그러니까…

쭈뼛
쭈뼛

만장일치였거든.

저도 동주 양에게는
미안하지만,
반대할게요.

난 반대.

말해봤자
뭐 합니까?
입만 아프지.

동주는
기방 시절에도
표정을 숨기지 못해
힘들었던 아이입니다.

차라리
모르는 게 약이라고
동주도 함께
속이는 것이 일이
쉬이 진행될 겁니다.

동주는
거짓말을
못하니까요.

그…

적을 속이려면 아군부터 속이라는 말도 있잖아…?

울먹

그리고 무엇보다! 내가 진짜 떨어져 죽었다는 걸 임금이 믿기 위해서는,

내 '정인'인 동주, 네가 믿는 모습을 보였어야 했거든!

알겠습니다.

정말?

그런데,
서방님.

분명 과부석에서
뛰어내리실 때,
임금님께 서방님이
아버지라고 외치지
않으셨습니까?

아, 그게.
한번쯤은 그렇게
불러보고
싶기도 했고.

죽기 전에
과부 전녹두가
아닌,

'당신이
태어나자마자 버렸던
아들이 당신 눈앞에서
이렇게 죽습니다.'라는 걸
확실하게 말해야 할 것
같았어.

태어나자마자 저는
친부모님께 버려져
양부모님의 손에
길러졌습니다.

풍족하지는
않았지만,

다른 집들
부모 자식들처럼
평범하게 웃고 떠들며,
그리 그리
자랐습니다.

다만,

식구들 모두
마을 밖으로는
단 한 발자국도
못 나가게 하신다는
것이었습니다.

저희
양아버지에게
단 한 가지 이상한 것이
하나 있었는데,

아버지야말로
평범히 살아도 되는
팔자셨는데,

아비가
항상 미안하다.

아버지의
팔자를 바꾼 건,
바로 저였다는 것을요.

이덕아.

태어나자마자 죽었어야 했는데,
운이 좋게 살아난 제가 문제였습니다.

그런 절 지나치지 못한
마음 약한 양아버지가 문제였습니다.

사돈.

전 소리 소문
없이 살다 죽는 게 목표인
소심한 양아버지를 보고
자랐기 때문에,

재물이나
명예 같은 것에
욕심이 없습니다.

그저 이대로
세상에 없는
사람으로 살며,

연…

…연…모하는
이와 함께,

도란도란
자식 하나 낳아
키우며 살다
죽는 것.

이제 정말

전녹두란 이름으로
과부 흉내 내며
이 마을에
숨어들어와 살던

임금도
살아있는 줄 몰랐었던
임금의 아들은
죽었으니까.

이제 진짜,
난 정윤저의 문제 많은
차남 정이덕이 된 거야.

계집애,
나한테 말도 안 하고
어딜 다녀온 거야!

미안해.
흑… 화수야,
정말 미안해.

걱정했잖아.

동주… 어째
나 만났을 때보다
더 격하게
우는 것 같다.

오셨습니까?

형수님.

꺄아아아악!!!

서방님!!
저분은 서방님을
쫓던 분 아니십니까?

제대로 된
인사가 늦었습니다.
이덕이랑 같이 공부했던
동무 김원입니다.

놀랄 것 없어.
상황이 상황이다 보니,
우리 편으로 만들었어.

우리 편이요?

안 듣네.

아무튼 자세한 이야기는 가는 길에 하시고,

빨리 채비하시지요. 형수님.

가는… 길이요?

네. 짐은 대충 형수님 동무분이 챙겨놓으셨으니,

더 챙길 것이 있는지 확인만 해보시지요.

저기, 화수야.
나 이게 어떻게 된 건지
하나도 모르겠어.

모르기는 뭘 몰라.
녹두 씨는 이 마을에선
이미 죽은 사람이라고.

괜히 이상한
소문나기 전에
빨리 이곳에서
뜨는 게 맞아.

그런데 녹두 씨,
애 괜찮을까
모르겠어요.

??

제가 서찰로도
말씀드렸지만,
동주가 자고 일어나면
기억을 잃어버려서요.

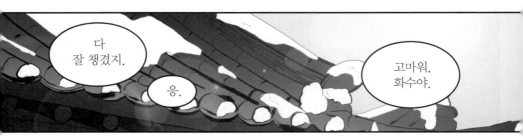

됐어.
혹시 안 챙겨간 게
있으면, 내가 나중에
가져갈 테니까.

응….

그러니까
자리 잡으면
서찰 꼭 보내야 해.
알겠지?

응.

그리고
혹시나 해서
하는 말이지만,

만약에 녹두 씨랑
부부 싸움 같은 거
하더라도 여기에는
오면 안 돼.

어?

왜?

그거야,
오늘부로 넌
죽은 사람이니까.

마을 사람들한테는
너도 녹두 씨 따라
뛰어내려 죽은 걸로
할 거야.

고향에서 죽지도 않았는데
제사상 받는다고 생각하면
불편하긴 하겠지만,
그편이 안전할 거야.

시집가는 거랑
다름없는 건데
왜 그렇게 죽상이야!

다른 여자들도
시집가면 원래 다 친정에는
못 돌아오는 거라고.
너만 특별한 게 아니라고!

버럭
버럭

고개 들어.
동동주.

그러니까 울지 마!
좋은 날에
울긴 왜 울어!

평생 시집 못 가는
친구 앞에서 시집간다고
유세냐!!

울지 말라고!!

저기, 저 두 사람
사이 안 좋아?

아까
형수님 오시기 전에
혼자 짐 싸면서
엉엉 울길래 사이가
돈독한 줄 알았더니.

아, 그게.
둘이 친했는데,
싸웠다가 화해를
제대로 안 했어.

287

툭

토닥

토닥

그럼,
이제 가볼게요.
화수 양.

응?

미안해…

동주야.

꽈악

내가… 내가
그동안 못되게 굴어서,
상처줘서 미안해.

늦었지만,

용서해줘.

정말
미안했어.

아니야…
내가 더 미안해.
화수야.

괜찮아?
동주야?

네.
괜찮아요.

하나도 안 괜찮아
보이는데.

이거
아무래도 안 되겠네.
형수님, 제가 웃긴 이야기
해드릴까요?

네?

무슨
소리를 하려고.

제가 이 친구가 정이덕이라는 사실도 알고 나서 절벽에서 떨어질 때 도와줬거든요.

뭐, 이전에도 끈끈한 사이는 아니긴 했지만, 이해관계라는 것이 있으니까요.

아무튼, 저도 이 친구가 죽는 게 여러 가지로 편해질 듯해서 도우기는 했습니다만.

의외로 참. 그렇게 안 봤는데, 친하게 지내기 힘든 사람이더라구요.

내 이 친구한테 하도 형수님 이야기를 많이 들어서 말입니다.

?

이 녀석이 조선 제일 사랑꾼이라는 걸 저도 이번에 처음 알았습니다?

이덕이 녀석이
매일같이 동주 보고 싶다,
동주는 뭘 하고 있을까
노래를 불러대는지.

전 형수님이랑
대화 한 번 제대로
나눠본 적 없는데,
좀 전에 만났을 때
낯설지가 않더라니까요?

김원!!!
그만해!!!

전 정말~
하나도 안 궁금한데,
매일같이 동주 동주 동동주
노래를 부르는 바람에
귀에 딱지가 아주~

진짜요?

아냐!
그 정도는
아녔어!

크흐흐

293

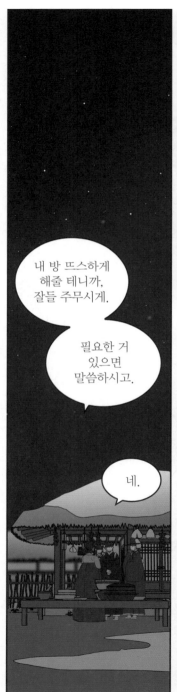

근디 거기 두 분
왜 사내끼리 안 들어가고
다 큰 남녀가 한방으로
들어가슈?

네?

멈칫

아.

내 방 뜨스하게
해줄 테니까,
잘들 주무시게.

필요한 거
있으면
말씀하시고.

네.

저희 부부입니다.

아…

아니, 유부남이면서
상투를 안 올렸어?
내 그러니까 오해를 했지.

오늘 올리려고
그랬지요.

두근

어머,
그럼 오늘이
첫날밤?

에이, 설마요.
신혼집까지 갈 길이
멀어서 오늘은 곤히
자야죠.

오홍~
그래요?

새신랑,
나만 믿어.
더워서 옷을
안 벗으려야
안 벗을 수 없게
해줄 테니까.

활 활

응?

…얘 어디 갔어.

동주야!!!

탁

일어 나셨습니까?

뭐…

뭐야.

······.

울컥

놀랐잖아!

겨우 그 정도로 뭘 그러십니까?

멍칫

어?

전 매일 아침 그렇게 놀라며 일어났었습니다.

그런데,
오늘 아침은
다르더라고요.

깨보니까
서방님이 옆에 있어서.
아, 어제는
꿈이 아니었었구나…
하고 생각을 하니까,

미안해,
동주야.

약속해.
앞으로는 일어났을 때
항상 옆에서 있을게.

갑자기 배가
너무 고파져서.

죽을 때까지
혼자 두지 않을게.

사랑해 동주야.

괜히 혼인했어.
그냥 그때 살아 돌아왔을 때
서방 새끼 괘씸하다고
확 차버리고 기방이나 다시
들어가 살 걸 그랬어!

네가 퍽이나
그랬겠다.

퍼석

그러게 이덕 씨가
*책쾌한다고 했을 때
말렸어야지.

책쾌가 무슨 일
하는지 몰라?

알지, 그런데!!

*책쾌: 조선 시대 민간 서점이 없어 책이 귀했을 때 책을 유통하였던 조선 시대 서적상

서방님이
막일하는 거
나도 싫고…

그나마 글이랑 책에
일가견이 있으시니까,
그게 노동 대비 제일
돈도 많이 벌고, 서방님도
덜 힘드니까….

303

그 대신에 한번 나가면 오랫동안 못 들어오는 것 정도는 네가 잘 감안해야지. 평생 어떻게 할 거야?

나름 잘 견디고 있었다고!!

하지만 이렇게 보름 넘게 안 돌아오신 적은 없었단 말이야!

무슨 일 생기신 건 아닌가 해서 걱정은 되는데,

내가 뭘 할 수는 없지.

마음은 답답하지.

그래서 걱정도 되고 답답해서 큰일 났다고 와달라고 나한테 서찰을 쓴 거냐?

아니, 네가 오면 뭐가 달라져?

서방님은 어디 계신지 모르니까.

304

아니, 뭐…
그래도 덕분에
겸사겸사 동무 얼굴도
보고 좋잖아.

지랄 한다.
미친년.

빨리도
물어본다!!!

잘 계셔.

행수님은
잘 계셔?

그러니까 내가
네 서찰 보자마자
이렇게 달려왔지.

앞으로도 날 이렇게
자주 불러내고 싶다면
행수님이 만수무강하시길
달 보고 기도하라고.

꼬덕

내가 행수면
나 이렇게
못 온다?

305

동주네가 떠나고 마을 근처에서
대기하고 있던 이덕 씨네 가족과
엄마가 그 집을 들어왔다.

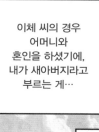

이체 씨의 경우
어머니와
혼인을 하셨기에,
내가 새아버지라고
부르는 게…

맞겠지만,

다행히 서로
이해관계가 맞아서,
그렇게 부르지 않고
지내고 있다.

제가 제 어머니도
어머니라고 못 부르고
지내는 판에,
아버님이라고 부르는 건
아니지 않을까요?

나도
아버님이라고
불리고 싶은
마음 없으니까.

걱정하지 마.

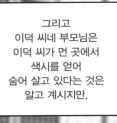

그리고 이덕 씨네 부모님은 이덕 씨가 먼 곳에서 색시를 얻어 숨어 살고 있다는 것은 알고 계시지만,

어머나.

이덕 씨가 이 마을에서 여장한 채 과부로 살았단 사실은 모르신다.

그러니까 이 집에서 젊은 과부가 살았었는데, 예비 기생 아이를 입양해서 살았었다고?

네, 어머님. 그런데 그 둘이 피만 안 섞였지 진짜 모녀마냥 얼마나 사이가 좋았는지 몰라요.

아니 그런데, 그 모녀가 왜 이사를 갔답니까?

아, 그것이 이사를 간 것이 아니라 죽었습니다.

과부석에서 그 과부가 먼저 자결했고, 양딸이 얼마 안 있어서 따라 죽었습니다.

어머나, 안됐기도 해라.

이래서
서방 있는 계집들
하소연은 들어주는 게
아니라니까.

뭐?
오면 말도 안 섞고
얼굴도 안 볼 거라고?

내가
웃기지도
않아서,

아니, 맨발로
뛰쳐나갈 정도로
그렇게 좋나?

뭐, 그래도

둘이 좋다면 된 거지.

조선일애편

녹두전

잘 살거라.
아들아.

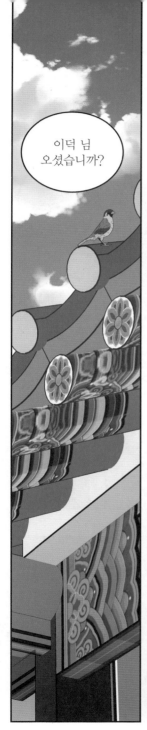

네.

연우 스님만
잠시 만나 뵙고
돌아가려고 합니다.

안에
계십니까?

…그것이
한양에서 오신
불자님을 만나고
계시는데,

언제
끝나실지는
잘….

아.

스읔

흥!

빤히

울컥

울컥

가자꾸나.
단호야.

용모가 매우
기분 나쁘게 생긴
불자구나.

그러게
말입니다.

관상이 매우
구린 불자입니다.
스님.

풉.

어찌
웃으십니까?

저분께서도
똑같은 생각을 하실 것
같아서 말입니다.

다른 공간에서
악연이시었던 두 분이니
그리 느끼신 게
당연한 일이셨을 겁니다.

네?

다른 공간이요?

구미호 이야기부터
해와 달이 된 오누이까지
그 섬뜩하고 신기한
이야기를 쓴 자가

스님이라고 하면
아주 다들 놀라
까무러칠 겁니다.

이덕 님.

네!

반짝

반짝

그 책들을
제가 썼다는 건,
비밀이라는 것
잊지 않으셨지요…?

당연하죠!

제대로 된
인맥 하나 없는
책쾌였던 제가

이 박 터지는 시장에서 자리를 잡을 수 있었던 건 모두 스님의 책 덕분인데,

그 약속 하나 못 지키겠습니까?

아! 맞다!

그런데 스님.

제가 진짜 궁금해서 그런데 이런 이야기들은 어디에서 떠오르시는 겁니까?

군이 말하자면
꿈…

꿈인 듯
싶습니다.

꿈이요?

꿈이라 하시면,

일장춘몽
호접지몽.

뭐 이런 거
말씀이십니까?

네.

그런 듯
싶습니다.

색즉시공
공즉시색.

세상이 공하고
공하니 집착할 것 없고,
집착할 것이 없으니 순리대로
지혜롭게 살다가 가는 것이
맞다 하는데…

아직 저는
기다리는 것이 있어
미련 맞게 이리 꿈을 글로
남겨두는 것입니다.

기다리는 것이요?

동주야!
나 왔어!!!

반짝

반짝

응?

움찔

저기
동주야…?

……

흥!

화가

많이 났네…?

저기요.

마눌님.

동주 마마.

…제가

분명히!!!

버럭

집에 돌아오는데
오래 걸릴 것 같으면
서찰이라도 보내라고
몇 번이나 말했지 않았습니까!!

……

진짜 매번
오매불망 몇 날 며칠
기다리는 게 얼마나
힘든지 아냐구요.

그리고

올 거면
해 떠있을 때
올 것이지.

어차피 늦은 거
하루 더 늦는다고
다를 것도 없는데.

꽈
악

이렇게 어두울 때
무리해서 오다가
어디 다치기라도 하면,

어쩌려고
이러시냐구요.

미안해.

동주야.

복녀 님 댁에 가서
부탁 좀 하고
오느냐고 늦었어.

어떤
부탁이요?

우리 집 좀
앞으로
봐달라고.

네?

그게 무슨
말씀이십니까?

꼬옥

입이 귀에 걸린 분이 그런 말씀을 하셔도 그 걱정이 하나도 안 와닿는데요.

가는 길에 복녀 님께 한 번 더 집 잘 봐달라고 신신당부 해야겠습니다.

네네. 그러셔요.

헤헤헤

그런데 어디부터 갈 겁니까?

글쎄, 바다 보러 갈까?

저 바다 한 번도 본 적 없어요.

우리 바다로 가요! 서방!

1592년

十二日辛未.
5월 12일(신미)

大雨, 巳正三刻, 王世子嬪宮解産.
큰비가 내렸다.
사시(巳時) 정삼각(正三刻)에
왕세자의 빈궁께서 해산을 하셨다.

피난행록(避難行錄)
저자: 정탁(鄭琢)

이 기록 외에는 광해군의 첫째 아들은
1598년 12월 5일에 태어난 '이 지'라고 되어있다.

하지만,
1592년 임진왜란 전쟁 중
임금(선조)과 왕세자(광해군) 곁에 있던
정탁의 기록이 왕조 실록보다.
정확할 가능성이 크다고 한다.

참고 : 안동 스토리 테마파크
피난길, 비 내리는 5월의 아침에 태어난
왕세자의 아이

안녕하세요!
드디어 녹두전의
모든 스케줄을 끝낸
혜진양입니다!

강아지는
저희 집 잔디
입니다.

안녕하세요!
여전히 만화가 와이프를
내조하고 있는
혜진양 남편입니다.

'조선열애뎐 녹두전'은
2013년에 참여했던
한국 국학 진흥원에서 진행하는
안동 전통문화 체험 연수에서
시작된 이야기였습니다.

연수 첫날 저녁
이런저런 재미난
소재를 들려주시겠다며
이야기를 들려주시는데,

한국 국학 진흥원에서
만화가들한테
안동에 있는 전통문화나
사료들을 알려주고 체험하면서
시나리오 소재를 알려주는 데다가
1박 2일 동안의 모든 경비를
지원해주신다고 해서
당시에는 별생각 없이
참여한 것이었습니다.

오—
공짜 여행이다!
가야지~

정말 번개가
머리로 내리친 것처럼
'광해군의 알려지지 않은 아이'라는
소재에 꽂혀버렸었습니다.

그렇게 그날 밤 이후
여행내내
'이걸 어떻게든 그리자'
라는 생각으로
머릿속이 가득 차서

듀영아.

나
그 광해군 이야기를
만화로 그릴래!

어. 그랭.
잘해봐.

어떻게 그릴지 고민하고
상상하는 것만으로도
설레고 행복해서
즐거운 마음으로
집에 왔습니다.

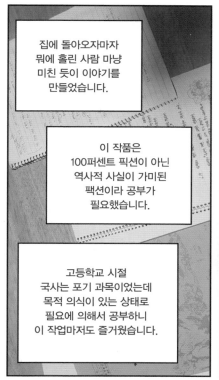

집에 돌아오자마자
뭐에 홀린 사람 마냥
미친 듯이 이야기를
만들었습니다.

이 작품은
100퍼센트 픽션이 아닌
역사적 사실이 가미된
팩션이라 공부가
필요했습니다.

고등학교 시절
국사는 포기 과목이었는데
목적 의식이 있는 상태로
필요에 의해서 공부하니
이 작업마저도 즐거웠습니다.

문제는.

작품의 방향을 광해군의
알려지지 않은 아들에 대한
러브 스토리로 잡았는데,
전 '잘생긴 남자는 그리지 못한다'라는
콤플렉스를 가진 만화가라는 것이었습니다.

하...하하하...
어쩌지.
난 잘생긴 성인 남자
못 그리는데.

왜냐하면!
애당초
제 취향은!!!

그래서 잘생긴
남자를 그려본 적 자체가
얼마 없어요!!!

일반적인 미남이
아니기 때문입니다!!
아니 잘생긴 건 좋은데
진심으로 사랑하게(?) 되는 건,
수요가 매우 적은 쪽이라고
해야 할까요.

＊ 후기를 그리던 도중 저희 집에 방문해주신 고아라 작가님께서 그려주고 가신
god의 김태우 님/김대명 님/조진웅 님

녹두전은 사극이기 전에
순정만화(?)여야 했습니다.
잘생긴 남자가
나와야 했습니다.

그렇게,
이 벽(?)을 어떻게 넘겨야
하나 고민하고 있을 때.
동료 작가였던
듀영 작가님께서

어쩌지?

남자 주인공을 잘 생기게
그릴 자신이 없다면
남자 주인공을 여장 남자로
하는 거 어때?

너 여장 남자 캐릭터 좋아하잖아.

빙고!

그래 그렇게 하면 되겠다.

그럼 광해군 아들이 자신의 신분을 알고 도망치기 위해서 여장을 한다는 설정을 넣는 거야. 그리고 어차피 여장을 할 거라면 당시 시대상과 분위기를 봤을 때 '과부 행세'를 하는 게 제일 효율적이겠다. 그럼 그 '과부 행세'를 제일 하기 곳은 아무래도 '과부촌'이겠지? 과부들 사이에 껴있으면 더 찾기 힘들 테니까? 그럼 그 과부촌에 들어간 광해의 숨겨진 아들과 기녀의 사랑 이야기로 만들면 되겠네~?

옳지! 잘한다!

정말 한 치의 꾸밈없이 여장시키면 어때? 이 한 마디가 나오자마자 녹두전의 기본 설정이 순식간에 술술 나와버렸고, …그렇게 녹두는 여장을 한 순정만화 남자 주인공이 되었습니다.

고맙다. 친구!

공짜 아니다.

이 후기를 통해 큰 도움을 주신 듀영 작가님과 연재 내내 내조해주신 우리 집 서방님께 다시 한번 더 감사 인사 올립니다.

※ 고아라 작가님께서 한 컷 더 그려주고 가신 듀영 작가님과 서방님. 작가님 감사합니다!

녹두전 연재 제안서를 네이버웹툰에 넣고 담당자님을 만났을 때 제가 어필했던 건 단 하나였습니다.

NAVER webtoon

담당자님 무조건 이건 드라마만 만들어지면 전 됩니다.

드라마화되기 좋은 만화 입니다!

연재는 확정인데, 판권 안 팔리면 어떡하지?

정말 되고 싶다. 드라마.

NAVER webtoon

안동에서 이 작품을 해야겠다는 마음을 먹었을 때부터 이 작품은 무조건 '영상화를 시키겠다'라는 마음을 먹고 기획했었기 때문이었습니다.

그래서 연재하는 내내 노래를 부르다시피 드라마화를 입에 달고 살았었는데,

드라마화 될 거야~ 나는 될 거야~

네. 담당자님- 무슨 일이신가요?

네? 정말요?

드라마 판권 계약이 정말 되어버린 것이었습니다.

그렇게 드라마 방영과 동시에 본인 원작 드라마를 덕질하는 웹툰 작가 타이틀을 얻게 되었습니다. (덕질의 끝.jpg)

솔직하게 말하면
가끔씩 훅하고 제 원작 드라마를
덕질하고 있는 사실을 깨달을 때마다
부끄러워서 현타를 맞기도 했지만,

녹두랑 동주가
살아 움직여—
너무 좋아.

본방 때마다
너무 행복해져서
좋아하는 티를 안 낼 수가
없었습니다.

다시 한번 드라마를 제작해주신
김동휘 강수연 감독님
임예진 백소연 작가님
모든 제작진 분들과
연기자 분들께 다시 한번 더
감사 인사 올립니다.

자— 이제,
이 단행본
마지막 권으로
길고 길었던
녹두전은
정말 끝입니다.

기획부터 시작하면 근 10년.
많은 분들의 도움으로 이렇게 잘 끝낼 수 있었습니다.
일단 조선열애뎐 녹두전을 연재하게 해주신
네이버웹툰 그리고 연재 담당자님들
사업팀 담당자님들
정말 다시 한번 더 감사드립니다.
앞으로도 잘 부탁드립니다.

드디어 끝났다.
으허엉

그리고 처음 단행본
제안을 주신
조한나 담당자님
김미래 담당자님
단행본 디자이너님
이 책을 마지막까지
책임지고 담당해주신
윤효정 담당자님
4년이란 시간 동안
마지막 권까지
출간해주신 북이십일에
정말 감사드립니다.

그리고 또!
마지막까지
함께해주신 독자님들!
정말 감사합니다!

꼭 다시
만나요~

그럼 전
다른 작품으로
또 만나
뵙겠습니다.

정말
감사합니다.

건강하세요~

도서 원예곡

녹두전 5

1판 1쇄 인쇄 2022년 01월 05일
1판 1쇄 발행 2022년 01월 19일

지은이 혜진양
펴낸이 김영곤
펴낸곳 ㈜북이십일 아르테팝

책임편집 윤효정 **디자인** 김단아
웹콘텐츠팀 장현주 최은아 김가람 정민철 강혜인
출판마케팅영업본부장 민안기
마케팅2팀 엄재욱 이정인 나은경 정유진 이다솔 김경은 박보미
출판영업팀 김수현 이광호 최명열
해외기획팀 최연순 이윤경
제작팀 이영민 권경민

출판등록 2000년 5월 6일 제406-2003-061호
주소 (우-10881) 경기도 파주시 회동길 201(문발동)
대표전화 031-955-2100 **팩스** 031-955-2151 **이메일** book21@book21.co.kr

(주)북이십일 경계를 허무는 콘텐츠 리더

아르테팝 채널에서 도서 정보와 다양한 영상 자료, 이벤트를 만나세요!
페이스북 facebook.com/21artepop   트위터 twitter.com/21artepop
인스타그램 instagram.com/21artepop 홈페이지 arte.book21.com

ISBN 978-89-509-9831-8 04810
책값은 뒤표지에 있습니다.